我的動物朋友

圖／文 黃海蒂

小鳥是樹的朋友。

老鷹是天空的朋友。

鵝鵝是池塘的朋友。

鼬獾是草叢的朋友。

山豬是月光下的朋友。

貓咪是愛抱抱的朋友。

狗兒是一起散步的朋友。

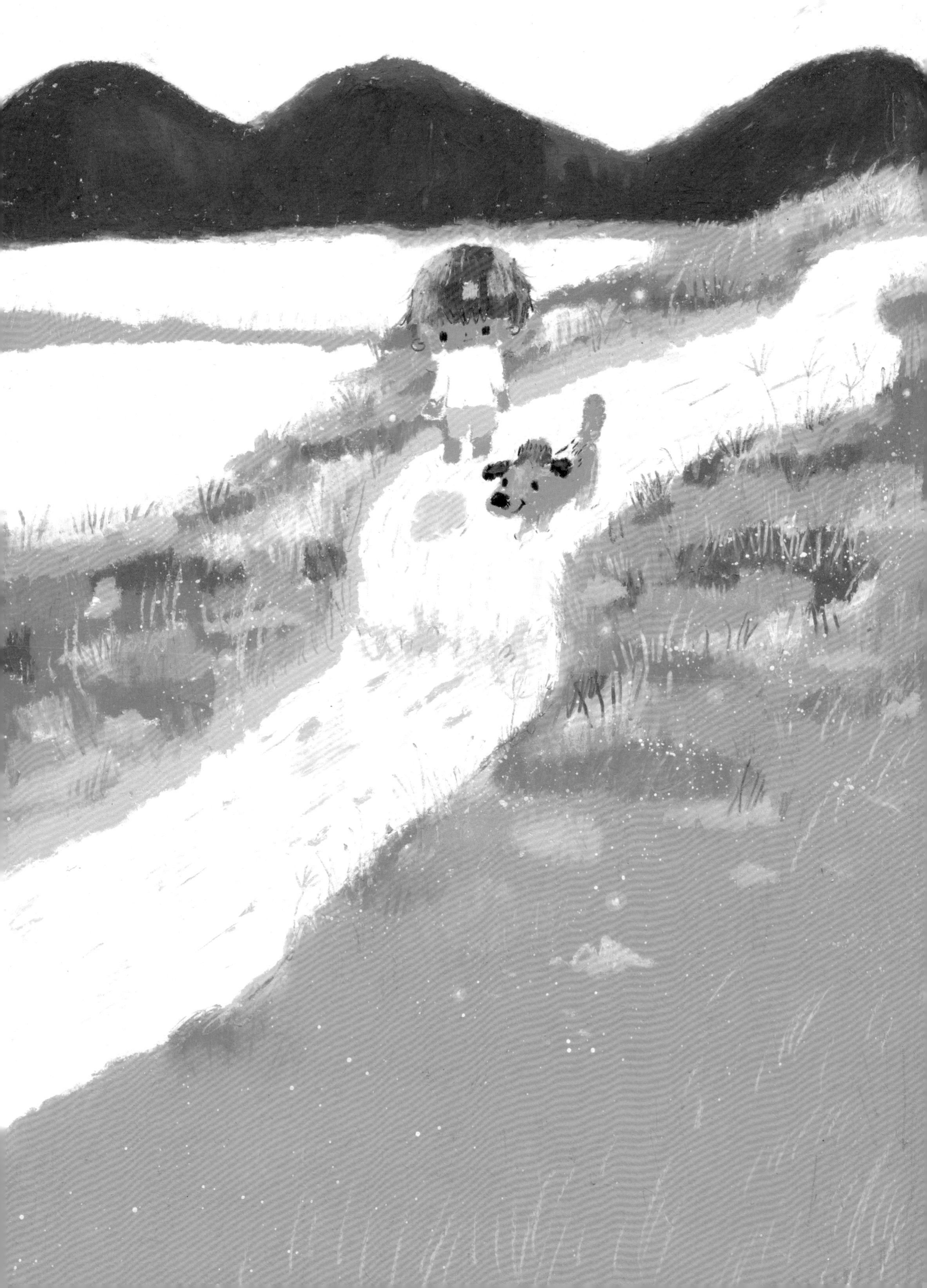

山羊是貪吃的朋友。

猴子是愛吵架的朋友。

山羌是玩捉迷藏的朋友。

蝴蝶是美麗的朋友。

壁虎是勇敢的朋友。

蝙蝠是橫衝直撞的朋友。

鯨鯊是愛作夢的朋友。

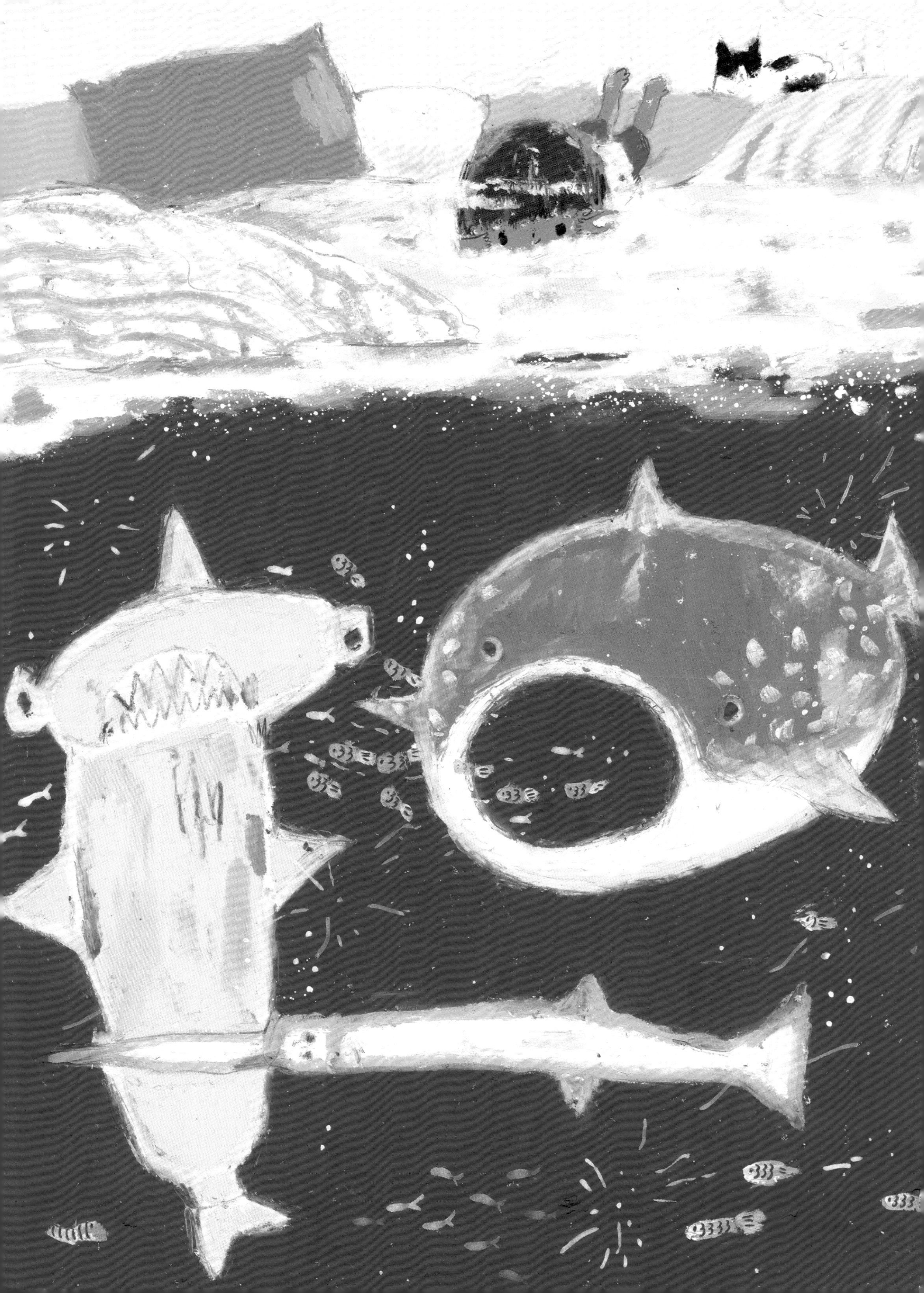

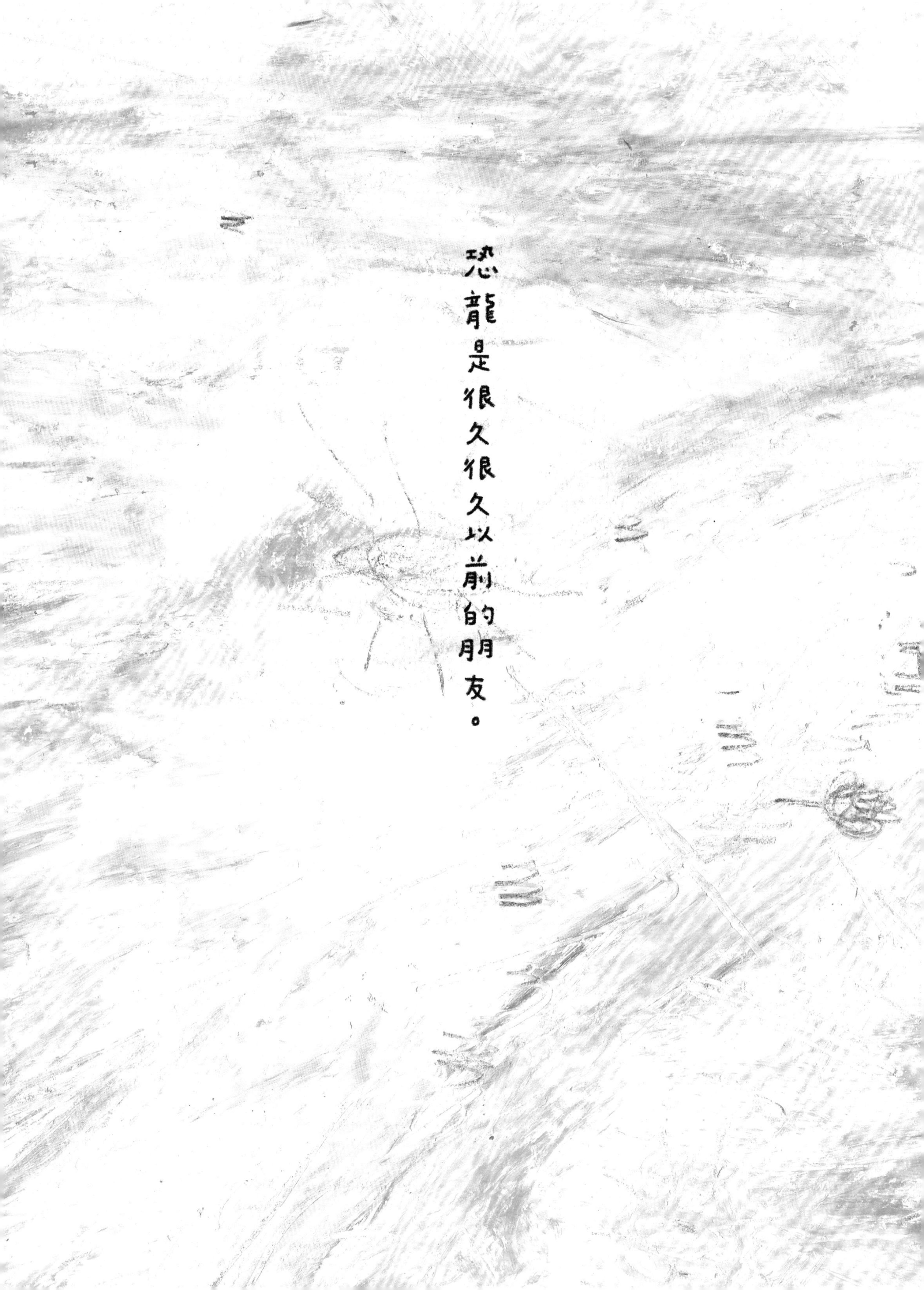

恐龍是很久很久以前的朋友。

你，是我的朋友。

黃海蒂

1982 年生於台北。
從小便嚮往著鄉村生活，渴望在星空底下入睡。
在台北生活了三十年後，因為愛而移居花東，
與家人和動物們，在山間過著自由簡單的生活。
感受世界的微光美好，生活便是創造。

出版書籍
2007《 這麼可愛，不可以 》
2013《 星星不見了 》
2014《 歪歪兔 》
2015《 啄木鳥女孩 》
2017《 最初 》
2019《 貓咪旅館 》
2021《 喵喵 》
2021《 孩子 》
2022《 田裡的寶物 》

我的動物朋友

作者｜黃海蒂　選書企劃｜黃昱禎　社長｜張淑貞　總編輯｜許貝羚　行銷企劃｜洪雅珊、呂玠蓉　塗鴉｜法鹿．勒嘎

發行人｜何飛鵬　事業群總經理｜李淑霞　出版｜城邦文化事業股份有限公司　麥浩斯出版　ADD｜104 台北市民生東路二段 141 號 8 樓
TEL｜02-2500-7578　FAX｜02-2500-1915　購書專線｜0800-020-299　發行｜英屬蓋曼群島商家庭傳媒股份有限公司城邦分公司　TEL｜02-2500-0888
客服專線｜0800-020-299　csc@cite.com.tw　劃撥帳號｜19833516　戶名｜英屬蓋曼群島商家庭傳媒股份有限公司城邦分公司

香港發行｜城邦〈香港〉出版集團有限公司　ADD｜香港灣仔駱克道 193 號東超商業中心 1 樓　TEL｜852-2508-6231　hkcite@biznetvigator.com
馬新發行｜城邦〈馬新〉出版集團 Cite(M) Sdn Bhd　地址｜41, Jalan Radin Anum, Bandar Baru Sri Petaling,57000 Kuala Lumpur, Malaysia.　TEL｜603-9056-3833　services@cite.my
製版印刷｜凱林印刷事業股份有限公司　總經銷｜聯合發行股份有限公司　ADD｜新北市新店區寶橋路 235 巷 6 弄 6 號 2 樓　TEL｜02-2917-8022　FAX｜02-2915-6275

ISBN｜978-986-408-907-9　初版一刷｜2023 年 4 月　定價｜新台幣 480 元 / 港幣 160 元　Printed in Taiwan　

特別感謝｜蕭晶心小姐在創作上給予愛的協力